# 赤い糸の運命

佐藤 春日
*Haruka Sato*

文芸社

# 一

「宇宙はまるで時空のからくり箱だね」

何の躊躇もなく可憐（かれん）が放ったこの言葉は、眠っていた理（おさむ）との絆を呼び覚ました。

理の左手に光る指輪とは無関係に、二人の絆は強く固いものへと変化していった。まるで運命の赤い糸がそこに存在しているかのように。

まだ夏には届かない春のポカポカ陽気の中、ランチ時（どき）の街を二人で歩いている可憐と理。風は二人を包み込み、太陽は大きくギラギラと二人を照らしつけていた。アスファルトにくっきりと映し出された二人の黒い影は、まるで子供がじゃれ合っているかのようにはしゃいで見えた。

理の指輪に反射した太陽光が可憐の瞳に飛び込んできた。可憐は眩しさのあまりとっさに手をかざして目を閉じた。それは指輪からの可憐への警告のようにも思えた。

もうこれ以上歩み寄ってはいけない、と。

それでもこの時、可憐の胸の奥底には、拭うことのできないずっしりとした重い『もしも』の思いが、罪悪感を抱え無意識に湧いてきた。

「もしも、この指輪がなかったら……。もしも、結婚してしまう前に出逢えていたら……。そしたら今のこの現実は、何か違ったものになっていたのだろうか……」

未知に向かう可憐の問いかけは、運命に立ち向かう決意と、運命に期待する希望となって、可憐の背中を押した。可憐が踏み出した一歩の行く末は、摩訶不思議な運命に委ねられた。

何が起きてもおかしくないくらいの暗雲が立ち込める夜、可憐は洋館の前にいた。

そこは何人かの占い師が共同で各自の部屋を所有している占い館だ。可憐が洋館に入ると、長い廊下がキャンドルに照らされて続いていた。

廊下を歩く可憐のヒール音が、廊下全体に鳴り響く。可憐は歩みを止めると、一つの部屋に足を踏み入れた。

その部屋では古文書や占星術に関する研究書などが本棚にギッシリと詰め込まれていた。

フードで身を包み、どこか神秘的で異次元を感じさせる摩訶不思議な占星術師の繋(けい)は、言葉を発することなく手で可憐をテーブルへ誘った。可憐は席に着いた。

繋は本棚から一冊の分厚い古文書を取り出して可憐の向かいに座った。

繋を見つめる可憐の目には、揺るがぬ覚悟と内に秘めた情熱が表れているようだった。

この時から運命は、知らず知らずのうちに狂い始めていった。

繋は古文書に記されているように術式を描き呪文を唱え始めた。可憐は深呼吸をして心を落ち着かせそっとまぶたを下げた。呪文を唱えしばらくすると部屋中で風が吹き荒れた。

宇宙空間では天体の動きが微々たる狂いを見せ始めていた。

## 二

今からちょうど十五年前の夏、太陽は今までになく燦々とした輝きでアスファルトを照らしていた。

鉄板のように燃え盛るアスファルトの上を白い厚底サンダルで歩いている可憐。可憐は白いレースの日傘を差し、ふんわりとした白いワンピースで身をつつみ、緩やかな巻き髪を風に靡(なび)かせて、誰が見ても一瞬で印象に焼き付くような風貌を醸し出していた。

当時十八歳の可憐は、当時二十七歳の理に会いにやってきた。

当時の理が勤務していたのは、総合技術会社コズミカルテック株式会社青森事業所。理はこの会社で技術職員として若き力を期待されていた。

お昼時、可憐は事業所を訪ねた。事業所内では一人の女性が弁当を広げていた。その女性は可憐に気付き、前に出てきて声をかけた。

「あの、何か？」

可憐は事業所内を見渡して理の姿を探した。

「私、上原可憐と申します。あの、こちらに松木理さんって方いらっしゃいますよね？」

「おりますが、今ちょっとお昼を買いに出ておりまして」

「そうですか……」

可憐は残念そうに肩を落とした。

その時、一人の青年がコンビニ袋を片手に裏口から入ってきた。

その青年は長身でスリム。まるで映画俳優か何かのような容姿をしていた。その姿に、可憐は十五年後の理の姿を思い重ねた。

女性は青年を可憐のもとへと呼び寄せた。

理の目に映る可憐の姿は、ひときわ輝く純白の星のようだった。理の脳裏には一瞬にして否応なく可憐とのこの強烈な出逢いが焼き付いた。生涯忘れることなどあるはずがないくらいに。

可憐もまた、理の穏やかで優しく温かい存在感にくるまれているような、決して消えることのない確かな安らぎを感じていた。

理は可憐を応接室へ通した。二人は向かい合い席に着いた。

理は初対面とは思えない口振りで、まるで子供をなだめる親のように、優しく丁寧な態度で可憐に尋ねた。

「今日はどうしたの？　あ、ごめん。どこかで会ったことあるかな？　ちょっと記憶にないけども」

可憐ははにかみながら柔らかい声で応えた。

「私、上原可憐と申します。あなたが私を知らなくても、私はあなたを知っています」

理はうなずきながらも戸惑いがちに視線を横に逸らした。

可憐は正気を疑われることを覚悟して、重い口を開いた。

「私のことを忘れないでください。十五年後、私たちは必ず再会します。もし人生の岐路に立たされた時は、私のことを思い出してください。そして私との再会を待っていて欲しいです」

理は視線を可憐へ向けた。

突拍子もない可憐の言葉に理は耳を疑った。

なのに、可憐が向けてくる眼差しに、二人の確固たる未来が約束されるのを予感させられずにはいられなかった。

何故だか離れたくない、このまま帰したくない、ずっと傍にいて欲しい。そんな思いに理はかられていた。理は今にも、

「何か話があるようなら今聞くよ？　そんな十五年も待たなくても。それとも十五年後じゃなきゃダメな理由でもあるのかな？」

と、口に出してしまいそうだった。とは言え、可憐の言葉を受け止めてあげたいという思いから、理は本音を胸にしまい込んだ。

そんな風に運命はそんなに単純ではなくて、たとえそこに法則があったとしても気付くことすらできず、全てが確率に支配されている、曖昧で予期せぬ事態ばかりが起こる定めがあるようでないような存在だから、人は運命を変えようとしていくのだろうか。

理は優しい微笑みを浮かべ可憐に言った。

「じゃあ、十五年後にまた会おうね。君がどうしてそんなことを言うのか、今の俺には分からないけど、きっとまた会えるよ。確信はないけど、そんな気がしてならない」

理のこの言葉は、約束の印のように二人に刻まれた。

応接室の二人を穏やかではない気持ちで見つめている、当時三十歳の晴美（はるみ）もまた、この出逢いに翻弄される一人となっていく。

深夜の占い館、繋が研究書を読んでいると、突然部屋中を突風が吹き抜けた。ホロスコープは散り散りになり宙を舞った。繋は何かしらの異変が宇宙で起こったことを察知した。

遥か遠い宇宙の彼方に突如出現した白色超巨星は、計り知れない質量と重力で周囲の天体の軌道を狂わせ天体衝突を誘発していた。

# 三

それから十五年後の春、ポカポカ陽気の中、桜が咲き乱れていた。

可憐は駅の改札口を出て、勤務先である総合技術会社コズミカルテック株式会社関東支社へ向かった。会社へ向かう時の可憐の足取りはとても軽やかで、理との再会に胸を躍らせていた。

可憐は出社しパソコンを立ち上げ、メールのチェックを始めた。本社から人事異動についての社内メールが届いていた。

可憐は添付ファイルを開き人事異動表を表示させた。画面をスクロールさせながら理の名前を探した。

理は確かに本社から関東支社に異動してくるようだった。

可憐は十五年前の夏の日の理との出逢い以来、この日がくることを心待ちにしていた。

ことさらに思い出さなくても、常に理の存在が脳裏に焼き付いて離れない。そんな日々を繰り返し過ごしてきていた。

ここでの正しい出逢いが、たとえ小細工をした再会になったとしても、現実は変わらないのだと可憐は自分に言い聞かせた。

可憐は理の脳裏に自分が焼き付いている限り、本来の運命は塗り替えられ、誰とも結婚することなく自分との再会を待ってくれているはずだと信じていた。

始業時刻になり、異動者の理と寿樹（としき）がオフィスに入ってきた。支社長が二人を前中央へ招き、挨拶をするよう勧めた。

前中央へ向かう理が何気なく向けた視線の先には、理を真っ直ぐ見つめる、十五年前の夏の日を思わせる可憐の姿があった。

理は驚きのあまり足を止めた。

視線を逸らせずにいる理と可憐の間に流れる空気は、運命的な波動でつながり、その一瞬はまるで永遠に匹敵するほどの時間だった。

我に返り前中央へ立つ理。可憐はその時不覚にも、理の左手薬指に光る指輪に目を奪われた。

理は可憐の視線の方向と表情から気付かれたことを察し、とっさに右手で左手を隠した。

その時の理は、何か得体の知れない存在に逆らってしまったかのような、後悔の念に押しつぶされそうになっていた。

放心状態の可憐は周囲の言葉など耳に入ってくる余地もなく、視線を下に落としたまま一点を見つめていた。

# 四

雲一つ流れておらず、月も昇らず、星一つない漆黒の闇の夜に、可憐が血相を変えて占い館の洋館に駆け込んできた。

洋館の長い廊下に響き渡る可憐の力強いヒール音。可憐は繋の部屋に飛び込んだ。可憐の様子とは裏腹に、繋は落ち着き払っていた。

「どうしたの？　そんな怖い顔して」

可憐は苛立ちを抑えながら繋の向かいの椅子に座った。

「どういうこと？　彼はまだ指輪をしている。私たち、運命の赤い糸で結ばれているはず。あなたには見えている。そうでしょ？」

繋は重い腰を上げて本棚へ向かい古文書を手に取った。

「確かに君とその彼との間には運命の赤い糸がハッキリと見えた。運命の赤い糸は宇宙でも絶対的なもの。何者にも切ることはできないし、どんな経緯を辿っても、最終的には必ず相手と結ばれる定めのはず」

繋はそう言いながら古文書を眺めていた。

「もう一度あの夏に戻してあげようか？　相手が結婚相手になる女性と付き合い始める前のあの夏に」

繋はそう可憐に提案した。可憐はそっぽを向いて応えた。

「いつ何時、どんな代償を支払わされるのか分からないのに、そんなこと何度も繰り返せない。たった数十分、意識だけ過去に戻るだけなのに」

可憐はそう言うと肩を落とした。

繋は何かに気付いたように、沈黙の中、言葉を発した。

「もしかすると、君があの夏、出逢うはずのない出逢いを果たしたせいで、何かが変動して、運命の赤い糸の本来の力が発揮できずにいるのかも」

可憐は繋を凝視した。

「ってことは、起きた変動を突き止めて、それを修正すればいいってこと?」

繋は椅子に腰掛けた。

「この時間軸で修正できる範囲のものなら可能だが、過去で起こってしまっていることだったら厄介だ」

可憐は席を立った。

「とにかく、どうして彼は私を待たなかったのか。私を選ばなかったのか。それを突き止める」

そう言い放ち、可憐は部屋を出た。

# 五

コズミカルテック関東支社オフィス内。

営業部の事務スタッフを務める可憐は請求書の作成に追われていた。

時計の針が午後五時を指した頃、可憐はオフィスのポットにお湯を補充するため給湯室に向かった。

可憐はオフィスを出る際、さり気なく理のデスクに視線を向けたが、理はまだ外勤から戻ってきていなかった。

オフィスから出ていく可憐を目にした深月（みづき）は、可憐の後を追った。

深月は技術職員で技術部に属し、理に憧れ、理を目標にし、理を尊敬し理を信頼している理の後輩。二十七歳のイケメン、そしてムードメーカー的な存在で人気者。異性同性問わず友人が多く、陽気な人柄だった。

可憐が給湯室でポットにお湯を注いでいると、深月がルンルン気分で可憐に話しかけてきた。

「上原さん、あれですね」

可憐は突然話しかけられて返答に迷う。

「ん？　あれって何？」

深月は得意気に話した。

「今度異動してきた松木さん、格好いいですよね。松木さんヤバイですよ。女性がみんな松木さんのことを見つめています」

可憐は笑いながら言った。

「えー、そんなに？」

可憐がそう言うと、深月は更に話を進めた。

「上原さん、タイプじゃないですか？」

可憐は考え込みながら応えた。

「んー、私あまり興味ないかな、そういう話題は」

深月は興味津々に可憐に尋ねた。

「じゃあ、何に興味あります？」

可憐は満面の笑顔で、張り切って応えた。

「宇宙かな！」

深月は突拍子もない可憐の言葉に目を丸くして笑った。

「え、何？」

深月のその問いかけに可憐は応えた。

「ん？　宇宙！」

深月は笑って返した。

「宇宙？　上原さん面白いなぁ」

予想通りの深月の反応に可憐は満足気に笑っていた。

そんな給湯室での二人を目にしていた外勤戻りの理は、深月と可憐はよく話をする仲の良い間柄だと知った。

理はオフィスに戻り報告書の作成に取り掛かった。理がパソコンと睨めっこをしていると、お湯補充済みのポットを持った可憐と深月が一緒にオフィスに入ってきた。

可憐はポットを置くと営業部の自分の席に戻った。深月も技術部の自分の席に戻った。営業部と技術部は端と端にあるため一番離れていた。

終業時刻になり、社員以外のスタッフたちは続々と挨拶をして帰っていった。オフィスに残されているのは残業組だけだった。その中には理と深月もいた。

理は報告書の作成を終え、パソコンの電源を落とした。帰る準備をしながら理は深月の様子を窺っていた。深月がパソコンの電源を落としたのを確認すると理は深月に声をかけた。

「菅井君、終わった？」

深月は笑顔で応えた。

「はい。やっと終わりましたよ。外勤が多いとなかなか事務作業が進まなくて」

理も笑顔で応えた。

「そうだよね。報告書の数値入力とか、その印刷とファイリング、工程表の入力とかは、スタッフさんでも指示を出せばできることだから、大変な時はお願いしたほうがいいよ。無理せずにね」

深月は苦笑いを浮かべて応えた。

「あ、はい。たとえばですけど、他の部のスタッフさんにお願いしても大丈夫ですか？」

理は少し考えて応えた。

「んー。技術部には技術部のスタッフさんがいるわけだから、そこはまず一番に技術部の事務スタッフさんにお願いするのが筋だよね。ほら富永さんという、れっきとしたスタッフさんがいるわけだから」

深月はうなずいて返答した。

「はい」

理はカバンを持って椅子から立ち上がった。

「菅井君、今日どう？」

深月は首を傾げた。

「もしよかったら飲みに行かない？　いろいろ聞きたいこともあるし」

深月のテンションが一気に上がった。

「行きます！　絶対行きます！」

深月は浮かれ気分で帰る支度を始めた。

## 六

夜の繁華街。その一画にある焼鳥屋は、仕事帰りのサラリーマンで繁盛していた。そこに理と深月もいた。

「ここの焼鳥、美味しいでしょ？」

と、理は深月に尋ねた。

「はい！　凄く美味しいです！」

と言いながら、深月は黙々と焼鳥を食べ、ビールを飲み、次から次へと注文を出していった。理はメニューを見ながら言った。

「菅井君、もう全種類制覇しているよ。そんなにお腹空いていたの？」

口を押えながら深月は応えた。

「あ、すいません！」

深月の言葉は、理にはモゴモゴして聞き取れなかった。

「松木さん、どうぞ！」

と言いながら、深月は届いた注文の品を理のほうへ寄せて置いた。

「ん、うん、ありがとう」

と、理は言った。焼鳥をつまみながら理は話を切り出した。

「そういえば、今日給湯室で楽しそうだったね。仲いいの？」

深月は間を置いて応えた。

「んー、上原さんとは結構話しますね。何か話しやすくて。お姉さんだと思っています。上原さんも弟みたいに絡んでくれるし」

理は相槌を打ちながら聞き入っていた。

「いいじゃない。何だっけ？　宇宙とか言ってなかった？　給湯室で」

深月は思い出し笑いをして応えた。

「ああ、上原さんは突拍子もないこと言うから、ホント面白いですよ」

理はカバンからスマホを取り出して電源を入れた。

「菅井君、実は僕も」

と言いながら、理は深月にスマホの待ち受け画面を見せた。そこには月を周回する宇宙ステーションの写真が映し出されていた。深月は言った。

「案外、松木さんと上原さんって趣味が合うのかもしれませんね」

理は嬉しそうに笑った。

「天体望遠鏡も持っているよ」

深月はワクワクしながら言った。

「凄いですね！　本格的で」

理はスマホをテーブルに置いて言った。

「上原さんと話してみたいよね」

そう言うと、ちょっとはにかんだような笑顔で理はビールを飲んだ。この時、深月は理が可憐に興味を抱いていることを知った。

# 七

　次の日の夕方、コズミカルテック関東支社のオフィス内では、今夜の理たちの歓迎会に向けて一同が定時で仕事を終わらせられるよう、慌ただしさが増していた。

　可憐は大量の封筒を抱えて作業テーブルに座り、資料の封詰めをしていた。

　理は技術部事務スタッフの瑠依（るい）に報告書の印刷とファイリングをお願いしていた。

　理と瑠依のやりとりを横目で見ていた可憐は、ニコニコし合う二人の様子に唇をかみしめた。

「もし、自分が技術部だったら」

　そんな考えが可憐の脳裏をよぎった。

歓迎会の会場となっているホテルの宴会場。一同は既にできあがっていて賑わっていた。

理の隣には寿樹（としき）がいた。理と一緒に関東支社に転属してきた寿樹は、理にとっては入社時からの良き相談相手であり、公私ともにお世話になっている先輩。理と寿樹は普段二人で飲みに行く感覚で話をしていた。

「お花見とか行くの？」

と、寿樹は理に尋ねた。

「子供たちが行きたいって言ったら連れてく感じですね」

あまり乗り気じゃない様子の理を見て寿樹は言った。

「そういえば、子供たちってもう小学生？」

理はうなずいて応えた。

「上が小四女子で下が小三男子です」

寿樹は相槌を打った。

「もうそんなになるのか。奥さんは元気にしている？」

理は不機嫌そうに応えた。

「さあ、分かりませんけど変わりないと思いますよ。最近全然話してないし、正直、何考えているのかも分かりませんし」

寿樹は首を横に傾げた。

「奥さんと話していないの？」

ムスッとして理は応えた。

「だって、どうせ話したって分からないし。向こうも、もう俺に興味ないし。話なんて連絡事項だけですね」

寿樹は触れてはいけない話題に触れてしまったような気がして表情が硬くなった。二人の間に沈黙が流れると、酔っぱらった瑠依が寿樹と理の間に割って入ってきた。

「松木さん飲んでますか～？　乾杯！」

瑠依は一方的に理のグラスに乾杯した。

その様子を離れたテーブルから見ていた可憐は、グラスを持って理の近くに席を移した。そこには深月もいた。

「あれ、上原さん席移動ですか？」

可憐は微笑んで深月にワイン入りのグラスを差し出した。

「おー、ありがとうございます！」

深月のテンションが一気に高まった。深月はワインを一気に飲み干した。深月はドリンクのメニューを可憐に差し出した。

「上原さん、何飲みます？　僕持ってきますよ」

可憐はメニューを見て応えた。

「じゃあ、カシスミルクお願いします」

深月は可憐のオーダーに笑顔で応え、駆け足で取りに行った。

その時、理と瑠依と寿樹の会話が可憐の耳に入ってきた。可憐は聞き取りやすくするために耳を傾けた。

「松木さんの奥さんって綺麗？」

瑠依の問いに理は少し困ったように応えた。

「んー、普通」

味気ない反応に瑠依は不満そうだった。

「じゃあ、松木さんは、奥さんとどこで知り合ったの？」

理は首を傾げて応えた。

「んー、青森事業所にいた頃かな」

可憐はとっさに視線を理に向けた。

「俺が紹介したの。ある意味二人のキューピット！」

と、寿樹は得意気に言った。

可憐は視線を前方へ戻し一点を見つめた。そんな可憐を見ていた深月は、可憐と理が同じ気持ちなのではないかと考えを巡らせた。

# 八

深夜一時、自宅マンションに帰宅した理。

リビングには薄明かりが点いていた。理はリビングのソファにカバンを置き、冷蔵庫に貼ってある連絡板を確認した。

「明日子供会のサッカー大会。朝八時半出発」と書かれてあった。

理がカバンを持って自室に行こうとした時、晴美(はるみ)が起きてきた。

晴美は重い足取りでソファに向かい重い腰を下ろした。

「何で電話出なかったの？」

晴美は少し怒っているようだった。

「うん、ごめん。気付かなかったよ」

晴美は立ち上がった。

「誰かいたりして」

突然晴美が理に疑いの目を向けた。理は晴美のほうを見ることなく下を向いたまま何も反応を示さなかった。

「あなたは十五年前からずっとそう。いつも誰かがあなたの中に住みついている」

リビングから出ていこうとする晴美。

「いつもは冗談紛れに笑って否定するのに、今日はしないの？」

そう言い残して晴美はリビングから出ていった。

理はソファに深く腰掛けた。

理は天井を仰いで歓迎会での深月と可憐のやりとりを思い浮かべていた。

「本当に再会したのか……」

そうつぶやくと、理は重いまぶたを落として深い眠りに入っていった。

翌朝、サッカー場では、子供会のサッカーの試合が行われていた。

子供たちは生き生きとボールを追いかけ、父母たちは応援席で盛り上がりを見せていた。

理は息子の悠斗（ゆうと）がドリブルをしていても上の空で、目は遠くを見つめていた。

理は何かを悟ったようにつぶやいた。

「そうか。俺、間違えた……」

眉間にしわを寄せ、拳を力強く握りしめ、後悔したとは決して言うことはできない後悔を全身で覆い隠すようにうつむいていた。

# 九

夕方、可憐は占い館の繋のところにいた。可憐は気の抜けた声で言った。

「十五年前、青森事業所で今の奥さんと知り合ったみたい。そして二人の間を取り持ったのが会社の先輩。十五年前のあの夏、奥さんはあの場にきっといた」

繋は研究書を取り出して言った。

「たとえそうだとしても運命は変わらないはず。出逢うはずのない出逢いで君たちは運命の出逢いを果たした。運命の赤い糸で結ばれている相手ならば、出逢ってさえいれば最後には必ず結ばれるはず。それが定め」

可憐はイライラした様子で貧乏ゆすりを始めた。繋は研究書を眺めながら考え込んでいた。

「もしかしたら、運命を邪魔する何者かの存在があるのかも」

と、繋はつぶやいた。

「邪魔者ってこと？」

可憐は繋に尋ねた。

「自然界のルールに逆らい、運命を捻じ曲げ、強制的に運命を変化させている何者かが存在するということ」

可憐は視線を落とし一点を見つめた。

「いったい誰が何のために？」

可憐はそう繋に問いかけた。

「理由は分からないけど、おそらく二人のどちらか、もしくは、二人共にとっての身近な人間」

可憐は椅子から立ち上がり言った。

「とりあえず、誰が何をしたのか突き止めないとね」

そう言い残し、可憐は部屋から出ていった。

街が寝静まり、澄んだ空には星も月も昇っていない深夜。占い館の自室で、繫は分厚い古文書を熟読していた。

静寂が流れる洋館に異様な空気が流れた。繫は古文書から目を離し入り口の方へ視線を向けた。扉はゆっくりと開き、暗い影を落とした。

「何しに来た?」

繫のその言葉につられて利那（せつな）が入ってきた。

利那は繫と同じ占星術師。繫は人の意識を一時的にだけ、本人の希望の時代に転送させることができる占星術師だが、利那は呪いをかけることができる占星術師。繫は熟読していた分厚い古文書を閉じた。

「噂で聞いたよ。また無茶なことをしていたらしいね」

繫は利那に問いかけた。

「お互い様でしょ」

利那は応えた。すると繫は利那の言葉に声を荒げて返した。

「ふざけるな！　お前みたいな邪道な奴と一緒にするな！」

利那は薄気味悪い笑みを浮かべて言った。

「あの女性と運命の赤い糸のお相手は、絶対に結ばれませんよ」

繫は閉じた分厚い古文書を胸に抱え本棚の前に立った。

「そんなはずはない。確かに二人は運命の赤い糸で結ばれていた。この目で確かに見た」

と、強い口調で繫は言った。

「だから、運命を捻じ曲げたのか？」

繫は利那の言葉に耳を疑った。

「運命を捻じ曲げた？　私が？　正しい運命へ導いただけ」

繫はそう言うと、胸に抱えていた分厚い古文書を本棚に戻した。

「運命の赤い糸が結ぶ相手との関係なんて、ひとつに限られないじゃないか」

利那の言葉に繋は口を噤んだ。

「言っておくけど、呪いをかける私は邪道かもしれないけど、過去の出来事を変化させるお前のやり方も邪道だからな。宇宙の法則に反している。過去に起こった出来事は変えられないし、変えてはいけない。必ずどこかで付けが回ってくる。忘れるな」

利那が部屋から出て行こうとした時、繋は言った。

「お前、何か知っているのか？」

「全部知っている。何もかも」

そう言うと利那は怪しげに微笑した。

# 十

松木の自宅マンション、早朝。晴美がキッチンで弁当を作っていた。

そこへ理が出かける準備をしてリビングに入ってきた。

テーブルにはいつになく豪勢な料理が並べられていた。理は不思議そうに眺めていた。テーブルに料理を運んできた晴美に理は尋ねた。

「どうしたの？」

晴美は分からないフリをして応えた。

「何が？」

理は驚いたように言った。

「だって、いつもと全然違うじゃない」

晴美はテーブルで弁当を詰め始めた。あまりの変貌ぶりに理は開いた口が塞がらなかった。

「お弁当？　いいよ。今日は外勤だから荷物になるし……」

理の言葉などに聞く耳を持たず、晴美は弁当を理に差し出した。

理はおどおどしていた。

「いらないの？」

晴美は鋭い目つきで理を見た。理は弁当を受け取りカバンに入れた。

「うん。ありがとう」

理は気乗りしない返事をしてカバンを抱え、早々に自宅マンションから出ていった。

その時、晴美のスマホに電話がかかってきた。

「はい、もしもし」

晴美は目を見開いて言った。

「え！　やっぱり……」

コズミカルテック関東支社オフィス内。可憐は会議用の資料を打ち出していた。

時計の針が正午を指す頃、早朝から外勤に出ていた理が戻ってきた。可憐は資料を綴りながら理を目で追っていた。

深月は、可憐がポットを持って給湯室に向かうのを見て後を追った。可憐は給湯室で会議用の湯呑みを洗ってお盆の上に並べていた。そこに深月が入ってきて可憐に言った。

「上原さん、松木さんをランチに誘ってみたらどうですか？」

可憐は思いもよらない言葉に少し動揺した様子で笑って応えた。

「ん？　え？　何？」

深月は爽やかな笑顔で言った。

「松木さんと上原さんって案外趣味合うと思いますよ。上原さん、宇宙に興味ありましたよね？　松木さんも星とか好きみたいですよ。天体望遠鏡とか持っているみたいですし。スマホの待ち受けも月を周回する宇宙ステーションの写真でしたよ」

深月は親指で可憐に向かってグッドサインを出してウィンクした。

「きっとパソコンのデスクトップも宇宙ですよ！」

深月は無邪気に笑いながら給湯室から出ていった。

可憐はお湯を補充したポットを持ってオフィスに戻った。オフィスに戻ると技術部には、まるで誰かの意図がそこにあるかのように理だけが残されていた。事務スタッフの瑠依は年次休暇を使って休みを取っていた。

可憐が時計に目をやると時計の針はちょうど正午を指していた。資料に目を通している理の姿に引き寄せられるように、可憐の足は理のほうへ向いて歩み寄っていった。理は近付いてくる可憐の気配に気付き、視線を上へ向けた。

可憐は理の後ろで足を止めた。可憐はさり気なく理のパソコンの画面を覗き見

郵便はがき

料金受取人払郵便

新宿局承認

7461

差出有効期間
2020年7月
31日まで
（切手不要）

1608791

141

東京都新宿区新宿1－10－1

**(株)文芸社**

愛読者カード係 行

| | | | |
|---|---|---|---|
| ふりがな<br>お名前 | | 明治 大正<br>昭和 平成 | 年生 歳 |
| ふりがな<br>ご住所 | □□□-□□□□ | | 性別<br>男・女 |
| お電話<br>番 号 | （書籍ご注文の際に必要です） | ご職業 | |
| E-mail | | | |

| | |
|---|---|
| ご購読雑誌（複数可） | ご購読新聞<br>新聞 |

最近読んでおもしろかった本や今後、とりあげてほしいテーマをお教えください。

ご自分の研究成果や経験、お考え等を出版してみたいというお気持ちはありますか。

ある　　ない　　内容・テーマ（　　　　　　　　）

現在完成した作品をお持ちですか。

ある　　ない　　ジャンル・原稿量（　　　　　　　　）

| 書　名 | | | | |
|---|---|---|---|---|
| お買上<br>書　店 | 都道<br>府県 | 市区<br>郡 | 書店名 | 書店 |
| | | | ご購入日 | 年　　月　　日 |

本書をどこでお知りになりましたか?
1.書店店頭　2.知人にすすめられて　3.インターネット(サイト名　　　　　　　　　　)
4.DMハガキ　5.広告、記事を見て(新聞、雑誌名　　　　　　　　　　)

上の質問に関連して、ご購入の決め手となったのは?
1.タイトル　2.著者　3.内容　4.カバーデザイン　5.帯
その他ご自由にお書きください。
(　　　　　　　　　　)

本書についてのご意見、ご感想をお聞かせください。
①内容について

②カバー、タイトル、帯について

弊社Webサイトからもご意見、ご感想をお寄せいただけます。

ご協力ありがとうございました。
※お寄せいただいたご意見、ご感想は新聞広告等で匿名にて使わせていただくことがあります。
※お客様の個人情報は、小社からの連絡のみに使用します。社外に提供することは一切ありません。

■書籍のご注文は、お近くの書店または、ブックサービス(0120-29-9625)、セブンネットショッピング(http://7net.omni7.jp/)にお申し込み下さい。

た。すると深月が言っていた通り、デスクトップに設定されている画像は「ハッブル・ウルトラ・ディープ・フィールド」だった。

理は画像に見入っている可憐に声をかけた。

「ん？　どうかした？」

可憐はハッと我に返って応えた。

「松木さんは宇宙とかお好きなのですか？」

理は満面の笑顔で応えた。

「うん！　よく天体望遠鏡で月や火星、土星や木星を見たりしているよ。あと、国際宇宙ステーションとか人工衛星とかも好き」

可憐は胸に手を当て柔らかい笑みを浮かべて言った。

「こんなに趣味が合いそうな人、初めて出逢いました」

理はまさしく歓喜の声を上げたい気持ちを抑えながら静かにうなずいていた。

「うん。そうだね」

モジモジしながら可憐は理に尋ねた。

「あの、ランチご一緒してもいいですか？」

理は申し訳なさそうに応えた。

「あ……ごめん。今日お弁当あるから」

可憐は少し残念そうに悲しい表情を浮かべたが、すぐに気持ちを切り替えて明るい笑みを見せた。

「そうですか。分かりました」

理は可憐を傷付けたくなくて優しい口調で再度謝った。

「ホントごめんね」

可憐は少し驚いたように言った。

「え、いえ……。謝らないでください。ちょっと話したいことがあっただけですから」

理はパソコン画面を見つめて言った。

「……昼は無理だけど、仕事終わりなら少しは時間あるけど……」

理は高鳴る胸の鼓動と、内から込み上げてくる燃え盛る熱を、精一杯抑えながら照れくさそうに言った。その理の言葉に可憐は喜びを隠し切れないほどの笑みを浮かべた。

「それじゃあ、仕事終わりに」

可憐がそう言うと、理は高めのトーンで応えた。

「うん」

理と可憐はお互いの様子を窺いながら視線を泳がせ、視線がお互いに留まると逸らすことなくはにかみ合った。

そこは山奥にある古いお屋敷。

木々で覆われ昼間でも天気に関係なく常に薄暗い。そこに一台の車が止まった。

車から降りてきたのは晴美だった。何か不吉なことが起こる予感を抱かせるように、カラスの大群が上空を覆い、まるで夜のように空を暗闇で覆った。カラスの不気味な鳴き声も周囲に響き渡っていた。

晴美は険しい表情をしてお屋敷の中に入っていった。

お屋敷の中にある一室。そこにはまるで魔女が住んでいるかのような異様な空気が流れていた。隅っこの席に暗い影を落としながら、全く動く気配のない刹那が座っていた。その部屋に晴美が入ってきた。晴美はテーブル席に座り刹那に問いかけた。

「電話でおっしゃっていたことは本当ですか？」

刹那はうなずいて応えた。

「本当です。ご主人は運命の赤い糸のお相手に再会したようです」

晴美の表情が硬くなった。

## 十一

夕方。コズミカルテック関東支社前。仕事を終えた可憐と理がウキウキした様子で肩を寄せ合いながら会社から出てきた。

「どこか行きたいお店ある？」

理は爽やかな笑顔で可憐に尋ねた。

「どこでも大丈夫です」

可憐は笑みを浮かべて応えた。理はカバンからスマホを取り出していじり始めた。

「プラネタリウムバーとかどう？」

理はスマホの画面を可憐に見せた。可憐はスマホの画面に映っているプラネタリウムバーの案内を見て満面の笑顔で応えた。

「おお！　ここ行ってみたいです！」

理と可憐は微笑み合いながらプラネタリウムバーに向かった。


プラネタリウムバー。その店内は、キャンドルの明かりだけが灯されていて、天井には星空が映し出されていた。理と可憐は店員の案内でテーブル席に着いた。メニューはキャンドルの薄明かりで照らされていた。

「何飲む？　星座カクテルあるよ」

理が尋ねると、可憐は無邪気な笑顔で応えた。

「私、水瓶座なので水瓶座をお願いします。松木さんは何座ですか？」

理は笑いながら応えた。

「ん？　天秤座だよ」

可憐は相槌を打って言った。

「いいですね。その辺りの星座って結構目立って明るい星が多いし、星座神話でもロマンティックに描かれていることが多いから羨ましいです。水瓶座なんて地味で……」

理は笑って言った。

「そんなことないでしょ」

笑い合う理と可憐。理は片手を上げて店員を呼んだ。

「お待たせいたしました」

理はメニューを見ながら言った。

「水瓶座と天秤座をお願いします」

店員は伝票に記載して会釈をして戻っていった。理と可憐の間に静寂が流れる。

「あの……」

理は可憐との間に流れる空気が少し変化したのを察知した。理はどんな話題が飛んでくるのかソワソワしながら応えた。

「ん？」

可憐は恐る恐る口を開いた。

「十五年前、私たち会っていますよね？　覚えてますか？」

理はキャンドルの明かりに目をやった。

「……うん。覚えてるよ」

可憐は視線をテーブルに落とした。

「人生の岐路に立った時、私のことを思い出してくれましたか？」

理はキャンドルから目を離し、視線を可憐のほうへと向けた。


その頃、刹那のお屋敷の一室にはまだ晴美がいた。

「十五年前にかけた呪いの力が不安定になってきています」

と、刹那は言った。

「それ、どういう意味ですか？」

晴美が問い返す。

「十五年前も説明しましたけど、どんな小細工をしても本物の運命の力にはかなわないということです。このままでいくと、おそらくご主人を失います」

と、刹那は応えた。晴美は更に刹那に質問を投げかけた。

「呪いが解かれるってことですか？」

刹那は更に晴美の質問に応えた。

「それはご主人次第です。義務と責任を果たすためにあなたたち家族を選ぶのか、もしくは、運命の力に引き寄せられて運命の相手を選ぶのか」

晴美は心配そうに言った。

「もし、呪いが解かれたらどうなります？」

刹那はしっかりとした口調で応えた。

「呪いが解かれたら、呪いをかけた時点から現在に至るまでの十五年間の日々は、この宇宙の歴史から完全に抹消され、現在得ているものは全部失い、ご主人とお子さんを失った未来を、あなたは一人で生きていくことになります」

晴美は険しい表情を浮かべた。


その頃、プラネタリウムバーでは、星座カクテルを飲みながら理と可憐がロマンティックな雰囲気に呑まれていた。理は気持ちを入れ替えて言った。

「実は、結婚の時、迷ったよ。最後の最後まで。君がずっと脳裏に焼き付いていて、十五年前の君への気持ちも変わることはなくて、あぁ、間違いなく俺が生涯を共にしたいと思える相手は君しかいないって。『運命』としか俺にも言い表せない不思議な気持ちだった。でも、十五年を待つには長すぎると思った。もし再会しなかったら？　待っていた十五年間は無駄になる。年齢的にも世間的にも多方面のタイミングが相まって結婚することになった」

可憐は薄(うっす)らと笑いながら言った。

「私は待っていたんだよ。運命だって感じてくれているのなら、きっと待ってくれているはずだって」

理はうなずきながら言った。

「……ごめん」

キャンドルで静かに揺れながら燃えている火に、理と可憐の視線が集中した。火を眺めながら穏やかな表情を浮かべる理と可憐。平穏が続く中、理が口を開いた。

「たとえ運命でも、今の人生を捨てることはできない。義務と責任がある。それに、もう戻れないしね。時は戻せないから」

可憐は悲しみを隠すように涙をこらえながら、優しくけがれのない笑みを浮かべた。

「今日は何でも好きなものをおごるよ。何食べたい？」

理の言葉に不思議がる可憐。

「え？」

理は柔らかい笑顔で言った。

「二人で食事をするのは、これが最初で最後だから」

何故か可憐には、平然とメニューを見るフリをしている理から、気持ちを悟られまいとして必死に隠そうとしている悲しみが伝わってくるようだった。可憐は理の思いに応えるように精一杯の笑顔で応えた。

「うん!」

# 十二

理はマンションの自転車置き場にいた。

外は土砂降りで理は雨に打たれていた。理は顔を上へ向けてしばらくの間佇む。理の頬から零れ落ちてくる水滴は留まるところを知らず落ち続けた。

理は自宅マンションに帰宅した。リビングには薄明かりがついていた。理がリビングに入ると晴美が座って待っていた。

「遅かったね。……濡れてる」

そう言って晴美は理にタオルを渡した。

「うん、ありがとう。雨だったから」

タオルで顔を拭く理を見て晴美が尋ねた。

「どうしたの？　目、腫れていて赤いよ」

理は晴美の視線に気付き言った。

「雨が目に入ったからかも」

理は平然と応えた。

「今熱いお茶入れてくるから座って待ってて」

晴美はそう言うとキッチンに向かった。

「うん」

と応え、理は重い腰を落とし椅子に座った。

晴美がお茶を持ってきてテーブルに置くと、理は目の前に置かれたお茶を見て言った。

「ありがとう」

理は一口お茶をすすった。いつもと違う晴美の姿に、理は半ば戸惑いを隠せずにいた。晴美が理に話しかけた。

「なんか心ここにあらずって感じ」

理はため息をついた。

「おかしなこと言うなよ」

晴美は見透かしているかのように理を見た。

「心の中に誰かいるみたい」

理はお茶をすすった。無反応な理に晴美は言った。

「十五年前もそうだった」

理は呆れたように言った。

「まだそんなことを言ってるの」

少しムスッとして晴美は返した。

「本当のことでしょ？　十五年前からずっと誰かがあなたの心を占領している」

お茶を一気に飲み干す理。

「でもそんなの、もう関係ないよね。私たち結婚しているわけだし、子供たちだっている」

晴美はまるで勝ち誇ったかのように笑い自室に向かった。

「おやすみ」

と、理は味気ない言葉を晴美に投げかけた。

# 十三

土砂降りの中、繫に呼び出された可憐が白い傘を差して占い館にやってきた。雨音は繫の部屋の中にまで届いていた。可憐が入ってきた。

「こんな深夜に何の用？」

可憐はそう言うと、椅子に傘を立てかけ座った。繫は落ち着いた様子で応えた。

「原因が分かった」

可憐は繫を凝視した。

「十五年前、君と同じように望みを叶えてもらった人間が他にもいたようだ」

可憐は目を見開いた。

「どういうこと？」

繋は可憐にお茶を出した。

「私の同業者がある特定の人物に呪いをかけていたらしい」

可憐は首を傾げて言った。

「呪い？」

繋はうなずいて応えた。

「その呪いは、特定の人間のもとに一生縛り付けるもの。そして、その呪いを解けるのは呪いをかけられた本人のみ。とはいえ、いくら呪いでも本物の運命の力には到底かなわないはず。今呪いの力は弱まっているはずだ」

可憐は繋に尋ねた。

「じゃあ、どうすればいい？」

繋は本棚から古文書を取り出してページをめくり始めた。

「何もせずとも相手は君を選ぶ」

と、繋は応えた。可憐は絶望的に応えた。

「それ、どんな根拠？」

可憐は繋を睨みつけた。繋は古文書を眺めながら言った。

「運命の赤い糸は宇宙の定め。自然に身を任せていれば自ずとそうなる」

可憐は立ち上がり凄い剣幕で言った。

「そうはならない！　もう無理！　彼は家族を選んだの！　今の生活を捨てることはできないって。義務と責任があるって」

繋は驚いた様子で可憐を見た。繋は古文書を本棚にしまうと、次に研究書を取り出した。

「他に何か方法はないの？」

繋はしばらくの間、研究書と睨めっこをしていたが、ハッとした表情で何かを発見したように応えた。

「あまり気乗りはしないけど、確実に呪いを解くことができる方法はひとつだけある。でも、この方法は未だかつて誰にも試されたことはない」

可憐は真剣な眼差しで繋を見た。

「どんな方法なの？」

繋は研究書を見ながら応えた。

「この呪いはお互いの左足首を呪文縄という縄で縛り付けている。縄には呪文が刻み込まれており物理的には切り離すことは何者にも不可能だ」

興味深そうに繋を見つめる可憐。可憐は繋の話に聞き入っていた。

「しかし、運命の力は別。君の指に結ばれている赤い糸には、呪文縄をほどく力がある」

自分の手を眺める可憐。

「赤い糸はどの指に結ばれているの？」

可憐の質問に繋は応えた。

「左手小指」

可憐は自分の左手小指をさすりながら、何かを決意したように意志の強さを感じさせる視線で繫を捉えた。

「まず何をしたらいい？」

繫は研究書を閉じて言った。

「運命の赤い糸のお相手に会わせて欲しい。運命の赤い糸と呪文縄を確認したい」

うなずく可憐。

## 十四

早朝のコズミカルテック関東支社前。

繋と可憐は、理が来るのを待っていた。繋は眠たそうに言った。

「……こんなに朝早いのか」

眠たそうに可憐は応えた。

「うん……。相手の人、朝一で外勤」

繋は肩を落とした。

「……」

繋と可憐が眠たそうにボーッと突っ立っていると、まだ薄暗い中、理が自転車に乗ってやってきた。

理の姿を確認すると、可憐は繋を引っ張り慌てて建物の陰に隠れた。目がまだ完全には覚め切っていない繋に可憐は言った。

「あの自転車の人」

理をじっと見つめる繋。そんな繋を見つめる可憐。可憐は繋に尋ねた。

「何か見えた?」

繋は目を凝らしていた。

繋の目には、確かに可憐と繋がる左手小指の赤い糸と、理の左足首に繋がれている呪文縄が映し出されていた。繋は可憐を見て言った。

「呪文縄を辿っていけば相手が分かる」


ポカポカ陽気の昼下がり、繋と可憐はとあるケーキ屋の前で足を止めた。繋が目を凝らし呪文縄の先に目をやると、それは店内でパートをしていた晴美の左足首に繋がっていた。繋は言った。

「あのレジにいる女性だ」

可憐は晴美をじっと見つめて首を傾げた。

「んー、誰？」

繋は可憐の問いかけに首を傾げた。

「夜まで尾行すれば分かるだろ」


夕方、電車の中。晴美が座っていた。繋と可憐は晴美に姿を見られないように物陰に隠れ、晴美を見失わないように見張っていた。

スーパー内。晴美は夕飯の買い物をしていた。そこにも繋と可憐の姿があった。

夜、晴美は買い物袋を持って自宅マンションに入っていった。その姿を木の陰から確認した繋と可憐。

「私、部屋確認してくる」

と、可憐は晴美の後を追っていった。

可憐は晴美が入った部屋の前に来て表札を確認した。そこには家族みんなの名前が表記されていた。可憐の表情が曇った。

木の陰で待っていた繋のところに可憐が戻ってきた。すると同時に自転車で理が帰ってきた。理は自転車置き場に自転車を置き部屋に向かった。理の後ろ姿を無心で見つめる可憐。そんな可憐の様子を窺うように繋が尋ねた。

「あの女性、知っている人?」

可憐は無表情で応えた。

「見たこともない人」

核心を突くように繋は言った。

「十五年前は?」

電気が走ったかのように、可憐は繋を見つめた。

何かが核心へと迫っているかのような空気が占い館いっぱいに流れていた。

繋と可憐は部屋で沈黙の中にいた。可憐は沈黙を破るように口を開いた。

「あの奥さん、どうして呪いなんて」

繋は何かに気付いたように可憐を見た。

「何か起きたとしたら、十五年前の夏しか考えられない」

繋はそう言い切った。可憐は決死の覚悟をしたように堂々と言った。

「呪いを解けば本来の運命の力で私と彼は結ばれるはず。理由なんてどうだっていい。どうせもう全部捻じれた」

可憐はそう言い残し部屋を飛び出していった。

## 十五

深夜、自宅マンションの寝室で晴美が眠っていると、晴美のスマホが鳴り出した。晴美は朦朧としながらスマホを手に取った。画面を確認すると刹那からの電話だった。

翌日。コズミカルテック関東支社内。瑠依と理が楽しそうに世間話をしていた。それを営業部からじっと見つめている可憐。

そんな時、空気が一変した。晴美がエレベーターホールに駆け込んできた。深月が重い空気を漂わせ理のところに来て言った。

「あの、奥さんが……」

理が状況を把握する前に晴美がオフィス内に入ってきた。理は目を丸くしてひどく驚いているようだった。

晴美はオフィス内を見渡して、理の傍にいる瑠依に凄い剣幕で詰め寄った。

「私の亭主に手を出さないでよ！」

晴美は振り返った瑠依の顔を見て固まった。十五年前、晴美が青森事業所の応接室で見た女性とは別人だったからだ。瑠依はおどおどしながら応えた。

「あの……。私、別に……」

理は慌てて晴美の肩を押してオフィスから出ていった。

オフィス内が少しざわめき始めた。理は晴美を非常階段入り口に連れてきた。理は怒りを隠しきれない様子で言った。

「いい加減にしろよ！　職場まで来て何してるんだ？　迷惑だから帰ってくれよ！」

そう言い残し、理は晴美を置いてオフィスに戻った。理はオフィスに戻ると瑠依に謝った。

「なんかごめんね。迷惑かけたよね」

瑠依は笑って応えた。

「いえ、大丈夫です」

理は何となく気にかかった様子でオフィス内を見渡し可憐の姿を捜した。しかし可憐の姿はどこにもなく、理は何かしらの予感を覚えずにはいられなかった。

非常階段入り口に座り込んでいる晴美。そこに可憐が現れた。


占い館の自室で古文書に目を通している繋。繋は突然古文書をテーブルに乱暴に置くと部屋から飛び出していった。

# 十六

コズミカルテック関東支社休憩室。そこには晴美と可憐がいた。

二人の間にはずっしりとした重い空気が流れ込んでいた。長年に亘るお互いの信念と執念がそこにはあった。可憐は鋭い視線を晴美に向けて言った。

「十五年も人の人生を縛り付けておくなんてひどい人」

晴美も鋭い目つきで返した。

「あなたさえ現れなければ何の問題もなかった。あなたさえいなければ」

可憐は晴美を睨みつけて言った。

「それ、どういう意味？」

晴美は思い出すように言った。

「十五年前、あなたが青森事業所の応接室にいたところを見た」

可憐は視線を横に逸らした。

「私は彼が好きだった。あなたが来るまでは順調に距離を縮めていたのに、あなたが来た途端、彼の様子が変わった。いつも上の空で何を考えているのか分からない。気付くといつも彼は応接室の中で呆然とたたずんだり、入り口で誰かを待っていたりした。だから……」

可憐は聞き返した。

「だから？」

晴美は続けた。

「だから、あなたに取られたくなくて、偶然出会った占い師さんが呪いもかけられるっていうから、彼の傍に一生いられるように呪いをかけてもらった」

可憐は視線を落として晴美に尋ねた。

「で、彼の心はあなたに向いたの？」

晴美は首を横に振った。

「それでも私は幸せ。今の生活を壊したくないの」

可憐はハッとした。

「でも、呪いは解かせてもらう」

晴美は可憐を凝視して応えた。

「無理よ。本人しか解けない」

可憐は左手をかざして言った。

「運命の赤い糸の力には何者も勝てない。呪いだって無理。だってそれが運命。宇宙に定められた力」

そう言い残し、可憐は休憩室から怪しげな笑みを浮かべて出ていった。

晴美はハッとして可憐の後を追った。可憐は階段を駆け上がり廊下を駆け抜け、颯爽とオフィスに入っていった。

その瞬間の可憐の姿に、周囲の人たちは神秘的なものを感じずにはいられなかった。

可憐は理の瞳から目を逸らすことなく直視して理に歩み寄っていった。そして可憐はしゃがみ込み、左手を理の左足首に差し伸べた。理は不思議そうに可憐を見下ろしていた。可憐はそっと語りかけた。

「松木さん、私たちには、もうひとつの世界があったの」

理の左足首に可憐は左手を添えた。

その瞬間、衝撃波が発生し、理と可憐以外の空間が静止した。

可憐の記憶にしか存在しない、まだ運命が捻じ曲げられておらず、呪いも存在しない、自然に出逢って惹かれ合っていた頃の理と可憐の現実が、ビジョンとなって可憐の記憶から理へと可憐の左手を伝って送られていった。

「宇宙はまるで時空のからくり箱だね」

可憐の言葉が理の中で響いた。無邪気な可憐の笑顔、スマホで頻繁にメッセージのやり取りをしていた二人、二人でランチを楽しんでいた風景、それらの映像が理の脳裏に映し出されていった。

理は今とは違う、もうひとつの世界で起きた出来事を垣間見ていた。

そこに繋が慌てた様子で駆け込んできた。繋の目には、理の左足首から呪文縄がほどけていくのが見えた。

その時全空間に突然、猛烈な強風が吹き荒れた。


遥か遠い宇宙。十五年前に出現した白色超巨星が不安定な輝きを見せていた。

周囲には天体衝突の跡が残されており、小さな岩の塊が散乱していた。

白色超巨星の輝きは激しく乱れ、一瞬輝きが落ち着いた途端、大規模な超新星爆発を起こし、周囲を爆風で一掃した。

その跡には残骸も残されておらず、そこは漆黒の闇で覆われていた。

強風が止むと、可憐は繋を見て言った。

「何？」

繋は深刻な表情で応えた。

「呪いを解いたら君たち二人の運命の赤い糸も消滅する！」

可憐は驚いた表情で言った。

「どうして？　どういうこと」

繋は応えた。

「この呪いは元々君がもたらしたものだ。君は出逢うはずのない出逢いをし、運命を捻じ曲げた。十五年前、奥さんも君を見かけなければ呪いをかけることもなかった。君が呪いをかけさせたのと同じだ」

愕然とする可憐。そんな可憐に繋は言った。

「おそらく君は、呪いをもたらした代償と運命を捻じ曲げた代償をこの先支払うことになる」

可憐は慌てて左手を理の左足首から遠ざけた。しかし繋の目には、可憐と理を結び付けていた運命の赤い糸が徐々に薄くなり消えていくのが見えた。可憐は繋を絶望したような目で見つめた。

「私、どうなるの……？　彼を失うの？」

繋は無反応のまま可憐を見つめていた。

「君が自分でもたらして自分で壊した。もしかしたら十五年前の出逢いがなかったら、今よりは幸せだったのかも。たとえそれが、儚くて小さく、続かない幸せだったとしても」

可憐は拳を握りしめて、あり余る悔しさを繋にぶつけた。

「じゃあ、どうすればよかったの？　確かに運命の赤い糸で結ばれていたはずなのに、出逢った時にはすでに結婚されていたら、もう無理じゃない。運命の入る余地なんてどこにあるの？」

繋はなだめるように応えた。

「本当に相手の人は、奥さんが好きで結婚したって言ったの？」

可憐はそっと繋に視線を向けた。

「え……？」

繋は微笑みながら可憐を見つめた。

「相手の人はどうして君を待たず結婚したって言ったの？」

「……そっか」

可憐と繋は声を揃えて言った。

「運命なんて選択次第」

そして続けて繋は言った。

「だけど、どんな選択をして遠回りをしたとしても、必ず最後には運命はその通りの結果をもたらす。それがいつかは分からないけど。だから諦めないで彼のいない人生を生き抜け。必ず運命は君を導いてくれる」

可憐はうなずいて、かすれた声で言った。

「さようなら……」

可憐は大粒の涙をボロボロ落としながら声を荒げて泣き叫んだ。

空間は猛烈な風にくるまれ眩い光に包まれ、一瞬にして放射線状に散った。

★

コズミカルテック関東支社。

オフィスでは理と可憐がお互いを気にすることもなく、淡々と職務をこなしていた。

給湯室で深月と可憐が楽しそうに世間話をしていても、理は興味を抱くこともなく早々に素通りしていった。

ホテルの宴会場。歓迎会が開かれていた。技術部の理と寿樹と瑠依が楽しそうにお喋りをしていても、可憐は気にすることもなく深月とワイワイお喋りをしていた。そんな可憐に理は視線を向けることはなかった。

ホテルから出てくる一同。二次会に行く人と帰宅する人に分かれていた。理は二次会に向かい、可憐は帰路についた。

その様子を木の陰から覗いていた繋。繋の目には、お互い逆方向へ向かって歩き出した理と可憐の左手小指に運命の赤い糸は見えなかった。

そして理の左手薬指には結婚指輪が光っていた。繋は静かに姿を消した。

# 十七

三十三年後、星空がシャンデリアのように地上を照らし出していた。

丘の上にある可憐の木造建ての別荘。可憐は暖炉の前で椅子に腰掛けて本を読んでいた。

暖炉の火は優しく暖かな灯で可憐を包み込んでいた。瞬きで揺れ動く可憐の長いまつ毛。優しくページをめくる可憐の手。文字をゆっくりとなぞる可憐の指。可憐は何かを失った感覚と、何かかけがえのない存在に出逢っていた確信に想いを馳せ、この上ないほどの幸福を感じさせるような眩い笑顔を浮かべていた。そんな可憐の頬に大粒の涙が零れ落ちた。

別荘の本棚にびっしりと並べられている可憐が書いた本。部屋に飾られている写真には可憐以外誰一人写っていなかった。

夜空で星がひとつ流れ去った。暖炉の火は徐々に小さくなり、灯りは静かに明るさを失っていった。可憐を照らすのは星明かりだけ。読みかけの本から可憐の手が離れ、本は可憐の膝から滑り落ちた。

滑り落ちてきた本のタイトルに『運命の赤い糸』と表記されていた。可憐の閉じられたまぶたは二度と開くことはなく、手は力なく膝に添えられ、静寂の中かすかに聞こえていた息遣いは次第に弱くなり、やがて聞こえなくなっていった。

星明かりが照らす別荘の中に入ってきた繋の面影。可憐の左手小指にくっきりと力強く赤く光る糸が浮かび上がってきた。

数千億年後の宇宙。太陽系が崩壊した跡に新しい恒星系が誕生しようとしていた。

恒星は安定して輝き、周囲の天体は安定した軌道を周回していた。その恒星系のひとつの惑星に生命が誕生し、文明が築き上げられていった。

その惑星の、とある会社。若い女性が事務スタッフとして着任してきた。若い男性社員が明るくその女性に挨拶をしてきた。二人は不思議と当然のように出逢った感覚に支配され、否応なく一瞬にして惹かれ合った。

そんな二人の左手小指には運命の赤い糸が結ばれていた。

男性が尋ねた。

「お名前は？」

女性は応えた。

「上原可憐です。あなたは？」

可憐が男性に尋ねた。

「松木理です」

更に可憐は尋ねた。

「おいくつですか？」

理は応えた。

「二十三です。そっちは？」

可憐は喜んでいるように応えた。

「じゃあ、同い年ですね」

二人は満面の笑顔で笑い合っていた。


（終）

**著者プロフィール**
**佐藤 春日**（さとう はるか）
1981年岩手県生まれ。
高校卒業後シナリオを学びに東京の専門学校へ進学。幼い頃からの強い宇宙への興味は薄れることなく、独自に本を読むなどして、宇宙や星のしくみに関する天文知識を身につけていく。宇宙の神秘や壮大さに触れ、それらを伝える物語を描きたい、そう思って執筆に取り組むようになる。

**赤い糸の運命**

2019年１月15日　初版第１刷発行

著　者　佐藤 春日
発行者　瓜谷 綱延
発行所　株式会社文芸社
〒160-0022　東京都新宿区新宿1－10－1
電話　03-5369-3060（代表）
03-5369-2299（販売）

印刷所　株式会社平河工業社


ISBN978-4-286-20036-1